ぢべたくちべた

松岡政則

思潮社

目次

組版・装幀　二月空

ぢべたくちべた

ゆきがたしれず

荷物を床に置いて
行商のオバサンは疲れきっている
からだの火照りがじかに伝わってくるかのようだ
みないふりでいる
ふるまいひとつで
なにかが台無しになることもある
車窓に原野がゆっくりながれ
ハリエンジュの並木がながれ
ガタンタン、ガタタンタン
冥銭を焚いて墓地で跪拝するひとらが現れる

どこにも着きたくはないこのまま普通慢車にゆられていたい
どういうのだろう
ことばと、
ゆれるひかりと、
ずっと途中でいたいのだ

鐵橋にさしかかる
大陸の夕やけ
のどにくる夕やけ
松花江を渡ると哈爾濱の街がたちあがる
ここにくるのはわかっていた、
生まれる前から決まっていた、
それだのに
どういうのだろう
哈爾濱はもういいと思った

あらかた知っている気がした
いっそこのまま
行方不知になろうか

散散歩

生涯、
艸を出なかったあなたと、
経巡ることで艸を生きようとしたわたしと、
なんのこともない同じ道でした。
正直ということは予測不能ということでありたまりません。

つちふるをもろに被って
北京の胡同《フートン》（古い路地）をあるいている
農村出の人力車夫を描いた老舎の『駱駝祥子』と重なる
どこかで臭豆腐を揚げる臭いがする

旋盤加工の金属音が聞こえてくる
痰が絡み咳のとまらない男
咳を聞いているだけで
寒い土地の人だとわかってしまう
風は乾いていた
旅であり
艸でもあった
なんたる通りすがりだろう
犬が近づいて来る小犬のくせに吠え猛って嚇しやがる
クズと見抜いてなめ切っているのだ

かつて、
鏃を使う匈奴には敵わなかった、
凌霄花の葉には解毒作用があると物の本に書いてある、
いいやそんなことは知らなくとも旅は続けられる

一帯は取り壊しが話題になっていた
四合院のメタセコイアも
けむりの絶えない古廟も
じき重機で均されてしまうのだろう
こんな時は喰うにかぎる
つましく調えられた膳
双喜柄の碗に薺と肉の煮込みそば
これがなかなかに侮りがたい美味で
苦味という極味はじんわり沁みてくる
血くだはピクつくわ、喉はうちふるえるわ、
来るわ、来るわで喜びに堪えません
そうやって先ずは一碗やっつけた
調度もいちいち拘った設えで
しぶく枯れた石の姿
躍動する「天地正氣」の扁額

縮杢の美しい橡のテーブルには蛮美な焼きものが置いてある
どこからか崑曲も聞こえてきそうな午だ

艸を、
見失うこともありました。
遠さをこそ遊びに来たのなら、
馬を家とした胡地の人らみたいに、
両手を広げくるくるくるくるくる蒼穹に舞いましょうか。

マラッカ

踊れないことと
遠くを聞く旅寝に然したる違いはない
灼けに灼けた石の匂いと
書物を出たがる艸とは一つことだ
老いてなお残る児戯なるもの
このわからなさはわたしだけのものだ笑ってくれるな

シンガポールから高速バスで六時間
海峡を航行するコンテナ船と鄙びた娼館の窓
華僑、印僑、馬来人

マラッカに純潔はなじまない
共感するでもない反目し合うでもない緩やかに混住している
いいやその分有をこそ生きると決めたかにみえる
タンドリーチキンを焼くスパイシーな香りがしてくる
中華鍋をこさぐリズミカルな音
ココナッツ売りの鮮やかな鉈さばき
どこからか響きわたるアザーン（礼拝への呼びかけ）もこころよい
ヒジャブでお洒落をした若い二人がたのしげに手語で話をしている
プラスチックの洗面器に揚げたコオロギが盛られている桜餅の匂いがする
リトル・インディアにはいると
なんともたまらないルースな音が近づいてきて
わざとためてじらしたりコードを無視して緊張を強いたり
凄腕どもがブルージィなジャズで遊んでいた
低くうねってくるエネルギー
アナーキーだのにどこか清潔で

静かな怒りのようなものもヒリヒリと伝わってくる
ニョニャ料理の店先では太り肉の女が全身でリズムを刻んでいる
バティックシャツ着たムスリム商人はパタイの木蔭で耳を傾けている
雑踏の中でこそ透き通るいのち、
にぎわいのさびしみのようなもの、
野良犬の慾動がシャツをべとつかせるのか
不意の息にふれることがあるマラッカ
人人のふるまいがやがてひかりとなるマラッカ

おぐらい路地裏のどん突き
ネオンサインの下ですこし斜めに立っている薄化粧の男
黥面を施したどう見たって十六七の放置少女
大量の回収段ボールを積んだリヤカーを牽く老人が通りすぎる
ビルとフェンスの間に頭を突っ込んで立ち寝しているのや
こんなところにいてはいけないこどもの姿もある

いろんなのがいる当たりまえにいる被害も加害もない互いに十分傷ついている
窈視的なエログロの世界マラッカ
魚醤文化圏マラッカ
かつてはここになんでも集まった
米、スパイス、孔雀の翅、ペルシャ猫
どこか気血を整えてくれる街だ
人人の平たい関係も知れるというものだ
人懐っこくて適当で止めどなく淫らでゾクリとする
弱いままでもクズのままでも自由になれる気がするマラッカ
街そのものが遊んでいるかのような
マラッカに同ず
気構えして
もう一つ角を曲がってみる

旅の作法

鐵路と行商人。普通慢車にゆられている黄土高原は窰洞《ヤオトン》の村まで行く
ボックス席では靴を脱いでくつろいでいるのもいる
「日本人嗎?」ヒマワリの種を両掌でいただく

長江文明の裔といわれるイ族自治州の村
「没有、没有」今日のバスは終わったと笑われる
カブの荷台に黒豚をくくり付けた男に手をふる顎で返してくれる

耐性はない主体もない言葉のみだりな運動に巻き込まれにいくだけだ

抜き書き帖をめくると中国では薬指のことを無名指というらしい
ボルネオのプナン族にはそもそも薬指に呼び名がない*
用途のない無用の指になぜか親しみを覚える

青パパイヤを積んだリヤカーが急ぐクロントイの巨大スラム
安ホテルの三階から降りだした雨の横顔を見ている
さみしいはからだの思うことどうしようもない

鶏や家鴨が生きたまま売られている喰う段になって自分ちで捌くのだ

北部の町メーサーイで自転車に乗った刃物研ぎの聲
竹製の漁撈具が置いてある国境の橋をあるいてミャンマーに入る
ここら一帯はいまも児童婚が残るという

労るかのような振る舞いは土地を甚く傷つけるだろう

いいや泣きながら喰え、でないと自分のことがわからなくなる
納豆はおかずではなく調味料としてあるようだ
バスがくるビルマ語は読めない拒むこともできないクソ乗ったれぇや

＊奥野克巳著『ありがとうもごめんなさいもいらない森の民と暮らして人類学者が考えたこと』参考。

通りすがり

ひるめしは道端食堂で
塩ゆでの田螺をピリ辛ダレで喰うた
じんわりと情の深まる滋味で
なぜとなくここで生まれたような気がしてくる
シソ、ミント、キンゾイ、パクチー、ラーロット
牛肉や香菜をたっぷりのせたブンチャーがまたぶちくそうまい
さっと喰うのが麵の粋というもの
かまうことはない音をたてて啜り喰うたった
背なを澄ませて人人の聲を聞いているハノイ旧市街
ちいさなおんなの子が泣いているね

聲に聲が被さって
聲のなかに別の聲が走って
雨みたい

賑やかに黙している
歩道でやっている散髪屋
足踏みミシンの仕立屋
リヤカーを牽いた陶器売りが聲を上げていく
頭に小物をのせて売りあるくのもいる
あいさつを交わすでもない
かるく会釈をするでもない
そうやって旅先では一瞬のすれ違いをこそ愛しんだ
わたしは人のことばがわからない
聲にしか関心がない
ひる寝の足だけがみえているあるいている

フーコック島産の胡椒でもさがしてみるかあるいている

表通りの鍛冶屋、茣蓙屋、竹材屋
どん突きの湖には差渡し一尋ほどの小さな舟が繫がれていた
あすはラオスとの国境ナー・メオ村へいく
土地との別れは人とのそれと然して変わらない

アロイ

宝飾街の原石売り場
テント市場には面妖なくだもの
うまげな匂いがしてくる食べるは平場にかぎる
道ばたのちいさな祠に
手を合わせていくひとがいるね
少しく油断のならないのもいるね
昆蟲が閉じこめられた琥珀をこそっと見せてくるのや
紙で巻いた一本百バーツの大麻を勧めてくるのもいる
強制失踪の真相究明集会が開かれていた
「軍政」はまだ続くのか

よそ者には関わりのないことなのか
いいやあるくは倫理ではないわたしはただ通過する者
夕方六時のスクンビット駅
国歌が流れると皆その場に立ち止まるわたしも倣って立ち止まる

あるくが祝福されているね
バンコクには迷いがないね
かぐわしい香りが漂ってくるラープ・パークという名の店に入る
パパイヤサラダに骨付きラム肉のマッサマンカリー
まだ食べてもいないのにもうアロイ
まずは一と口、また一と口
アロイけどペ（辛い）、けどアロイ
ペはペ、けどさっと引いていくペ
まったく愛想のない店だ、けどアロイ
プルメリアの白い花

アロイが止まらないずっと食べ続けていたいこのまま死んでもかまわない
この一食を味わう為にこそ生まれてきたのかも知れなかった息ができない
食べるはどこかエロい、エロアロイ
そしていつだって政治的だ
うまいものを食べているとからだのどこかさみしくなる

ヤンゴン環状鐵道

なにもかもがゆるい
改札システムがない発車の合図らしきものがない
日本からきた中古車輛はドアさえとっぱらわれてない
3時間かけて一周しても運賃は200チャット（約20円）
ごった返したせまい車内を
果物や日用品を提げた物売りらがやってくる
おんなもこどももたいていタナカを塗っている
わたしは昨日買ったロンジーを朝から履いている
駅で荷物が運び込まれるたびに
どけあって譲りあって誰も文句はいわない

おたがいさまの善良なる人人
この大賑わいは滋養になる
人口の９割が仏教徒という穏やかなお国柄
成ろうことなら雑ぜてもらいたいこのままここに居付きたい
とたんに猛烈なスコール
ラカイン州はベンガル系ムスリムの村村も
雨は容赦なく叩きつけているだろうか
それともいまはすっかり上がって
ひと時の静けさに包まれているだろうか
統べる領土をもたない「カラー」と蔑まれし人人
いいやヤンゴン環状線に乗るためだけに旅に出たのだ
線路沿いの粗末な家家
雨に飛び出すこどもら
雨を走りまわるこどもら
雨があるから人は生きていけるのか

チーミンダイン駅
インセイン駅
（あの悪名高き刑務所のある）
信仰を棄てたくなる
ダニンゴンで降りて線路市場でも覗いてみるか

越境

ジョホールバル駅から寝台特急ブルートレインでコタバルへ
地元の人らはお気楽なものだ
渡し船を手招きで呼んで
ちょいと三十メートルほど先のタイ王国までお買い物
国境警察も咎めるでもないようで
だからといって不法入国を倣うなどありえない
皮鞣し工場、荒物屋、肉骨茶（バクテー）専門店
ここで暮らしているかのようにふるまいたい
ランサという果物をひとふさ買ってみる
かつて日本軍が侵攻したマレー上陸作戦の激戦地

濃い青空だのにどこか雨を感じる

チュムポーンのあけぐれ
糯米や果物を用意して待つ人人
だいだい色の袈裟を纏い鐵鉢を抱えた跣の一団があらわれる
列のうしろは剃髪した少年僧らで
中に一人だけあらぬかたをみやるのがいる
そのこを待ってお布施セットを手渡した
自分の感情ではないものがあふれてくる
隣のおばさんがなにか話しかけてきたけど全く分からない
でも慰められた温みだけは分かったコップンカップ
ことばを尽くそうとするよりも
ただ並んで坐っているほうがよいときがある
発光体のようにもみえる
道業の清麗な列をみおくる

朝飯は調べておいたカオマンガイ屋へ
シャム文字はどうみても暗号にしかみえない
逆にシャム文字に読まれているような気がしてくる
マイペンライ、マイペンライ

口口聲聲

いいはる
粥ならだんぜん西安で喰うた小豆粥
公園で将棋をみていると「試試嗎？」と聞かれる笑而不答
むかしテレビで観たハミ、トルファン、クチャ
ウイグルナイフのならぶカシュガルの職人街はまだか

いいはる
レシピを書伝えたのは文人墨客に違いない
蓴采の羹（あつもの）、青菜の味噌和え、小腸の空揚げ
倉庫みたいな食堂だのにいちいち旨い

油煙の中で育った「芊」という名のおんなのこ

いいはる
失語を知っている土地はあるけばわかる
屈原が石をいだき身投げしたという汨羅江で合掌
十全に語ることができないのだけれど
ときどきは家を見失わなければならないからだだった

いいはる
路傍でのつましい食事もしみじみと旨い
酸采や香草を散らし唐辛子や胡麻油をまぜていただく怪味
「稀豆粉（シードウフェン）はいらんかえー」
大娘の聲にやどるうす暗さをこそ信じたい

いいはる

わかるわけがないということだけはわかった
茶馬古道沿いのイ族の集落にはイ族の文字
築三百年の廊橋で雨あがりを待つ老奶奶と籠の中のニワトリ
一等うつくしいのは竹籠だろうか
それとも廊橋自体だろうか

漫遊帖

わからないまま書いている。
まだなにものでもないもののふるえ。
ことばの無駄な動きこそがわたしなのか。
蟲、艸、鐵、聲は本字で書きたい。
水牛の群れにバスが足止めされるという幸運を得た普者黒度仮村
壁も間切りもない公共厠所で用を足す
からだの熱をとるという蓮の実の羹
花椒や生唐辛子に香草をまぜた野趣あふれる「辣子鶏」
薬食同源は地べたの聲として味わうべし

移動することでしか自分を保てない、
なぜとなくそう思う。
あるくを定めとした者らの裔。
のどに詰まった聲には迷わず加担したい。
麺なら上海は「蟹屋大院」の蟹味噌ラーメン
うわさ通りの贅沢の極み物を言うなの３０６元
麺一碗とわたしだけのしっぽりと濃密な関係に没入する
ところがらもわきまえないで
観音廟でもめているのがいる傍聞きする

煙草のバラ売り、靴の中敷き屋。
儚さのぬくみのようなもの。
礼が廃れている、土地の支軸となるものだのに。
１３００万都市西安は回坊点心街
羊肉のスープにも羊足の醤油煮にも房事はお控えくださいとある

站前で周瑩の好きな棗の栗餅を買うて乗る
迪化とはウルムチの漢名だったなんのこともない
軟臥車の窓から遠ざかる回族街
からだごともっていかれそうになる

キリンの黒い舌

往来のなにごとかを記しておく自分のものではない方の手で
京釜線芙江駅。金子文子が九歳で降り立った土地に鵲の鳴く
普通がむずかしくなった普通はひりひりするへとへとになる
食在広州。皮蛋粥を喰うただひとすじに喰う喰うだけになる
空。キリンが絶滅の危機に瀕しているとテレビが伝えている
キリンのいない世界はもう世界ともいえない吐きそうになる
予約しておいたバイクタクシーがまだ来ないマンダレーの朝

ツマベニ蝶らと小一時間待っているそれはそれでよいものだ
ホン川。市場飯。中国国境の街ラオカイで路上散髪三万ドン
「百の節のある竹」という民話と失踪した技能実習生らの空
悪いがわたしはそうは思わない躊躇いのない言葉は信じない
すみっこへの偏愛。あさまだきに起きているのも案外好きだ
タイの南部でトラックを改造したバスに揺られたことがある
言葉はわからなくても可笑しいのはわかるいっしょに笑った
国境列車でメコン川を渡る行商人らと昆蟲王国ラオスに入る
不如意を生きるしかないうまげに飯を喰う人にはかなわない
まだ読んではいないのだがそこにあるだけで幸せな本がある

背表紙に気配があるあなたがわたしの部屋に棲んでおられる
古鷹山を借景とするちいさな庭に十数羽のエナガが来ている
二人ぼっちになった互いにかけがえのない独りを生きている

おかわり

なにを導べにあるき続けてきたのかからだに覚悟がないのだわたしは
麗江からバスで四時間。嘗て中甸と呼ばれたシャングリラで再來一碗
なんのこともない自分の問題だった礼儀正しいだけでは足りないのだ
關東軍遁走。溥儀、婉容、溥傑、浩の列車に纏いついている引揚者ら
黙っている自分に耐えられなくなるいつかそんな日がくる黙っている
「帰国《ダモイ》！」「行け《ダワイ》！」抑留者名簿の職業欄に父はなんと記入したのか
ここらの人らはどんなものを喰らいなにを畏れなにを信じているのか

不知道。自分には偏見がないと思いこんでいるのがいるお前のことだ
残留しインドネシア独立戦争に加担した日本人・朝鮮人の墓前で合掌
アルマイトの皿。グーグル先生だけが頼りのジョグジャの通路屋台で
代筆屋。生まれっぱなしのような街だ一切を放下して土着したくなる
日本人駐在員とパッポン通りでポールダンスを見ているディープな夜
一九六八年はたったの十三歳だった十三歳の仮性包茎に蜂起は来ない
愛しみを言おうか。孤食への偏愛とどこか油断している言葉が好きだ
サーカスの興行が終わる。バラして畳んでの場越しのそれを見ている
ガンガー行きの寝台列車。チャパティもチキンカリーも旨すぎる泣く
肉体の氾濫コルカタ。学校へ行けないこどもらの横を野良の牛が通る

身一つがよすがの者らと交わる悦び往生することになっても構わない
手箕。界面。一向一揆。紫雲英。無戸籍。土性骨。黄河石。美。東京。
遅読。歩荷。喰作法。鐵。十三湊。木賃宿。鳥海山。艾餅。雨。逃散。

いしつぶて

笑うのがにがてなのもいる咎めてくれるな
戦争報道はどこも胡散臭い姿勢を正して飯を喰う
公園当局に寝床を奪われた野宿者のシケモクと雨あがりの紅花檻褸菊
焚書・改竄のお國にひとりもどくお昼寝
肉慾食慾はいのちそのもの逆らいようがない
誰しもがどうしようもなく自分とは関わりのない哀しみを抱えている

削いだ竹に六金色の色紙を貼った安芸門徒の盆灯籠
原子野で一纏めにされ混葬された人人の無念も弔う

大雨の日、母は橋の上でわたしの耳朶に触ったいつまでも触りつづけた

真竹は一二〇年周期で花を咲かせ竹叢《たかむら》ごと枯れる
むかしは「旅を栖とす」があった皆で石礫を打った

からごころなどと言ってくれるな左手はがんらい意思に反するものだ

誰にも見られてはならない勤めをこっそりして帰る
いつ来るともしれぬ原稿依頼に日日備えている

なにもかもが優性思想に見えてくる下からの全体主義がはじまっている

インドでは誕生日のその人が飴を配るという
スマホの普及で手食文化が廃れつつあるらしい
長居無用。行ける所まで行く雑多な中にも秩序はある身を慎みなさい

艸のおしえ

どこにも帰れないでいる喉と
行間の弛み、のようなもの
いる、としかいえないように存在すること

こどものさびしみのような空
（五万日の日延べ）からも十数年経つ
ナナカマドの赤。イヌブナの黄。あか。き。

だからといってこのまますむものではない
孤絶があかるむことがある

艸にはそういう唆えがある
文字そのものの企みなのか
無学な喉のくらがりのことか
よくわからないまま繰り返し読む本がある

世阿弥の遠流を想う夕まぐれ
黙黙とテントを畳む露店行商人
おぐらさのなかにこそもののあわれがある

粗板がだらしなく積まれていた
悉くなにかのはずみだった気がする
悉くなにごとでもなかったような気もする

犬

からだは嘘をつかない、
は疑ったほうがいい
でないとこの手を信じなければならなくなる
誰のものでもない韻律、
へだつる身に受け継がれた余白、
そいつが胸の裡に入り込んだ中2の夜をはっきりと覚えている
やむを得ざることがある成してはならぬこともある
黙認し、共犯する窓の
沈黙を割ってくるものの震え
わたしは独りを選んだ

弱いことばの傍らを選んだ
艸を行え！
家郷という語の正しい位置がわからない
移動の本分を忘れていた、そのことだろうか
棄てたはずの土地に棄てられたのだと気づくことがあるそのことだろうか

艸の実、艸の実
ヌスットハギをいっぱいくっ付けて
野良犬がハアハアいいながら街の方へ行く
今のが犬だ
ゴミ収集車に轢かれそうになっても気にもしないあれが犬だ
青い舌をだらりと垂らして
不穏な眼つきで孤絶をつらぬいている
襟度なき民主主義を喰らう犬よ
艸を行え！

自分の不注意で誰かが拘束される夢をときどき見る
からだは静寂よりも都市の喧騒を欲していた、そのことだろうか
一所懸命働いてきたのに朝にはいらない人になっていたそのことだろうか

身体言語

窓辺の右傾化を、
集団でいる不潔のようなものをあるいている。
ひとりびとりのさびしみとすれ違う一刹那、
得体の知れぬものに否応なく動員されることがあるあるいている。
共感は然して重要ではない。
あかるいは大したことではない。
三分の事実と七分の虚構、
言葉は出会いであるとやっとわかった気がするあるいている。
バス停を塒にしていたというそれだけのことで、
殴り殺された女の人は広島の出身だったあるいている。

正直だけがお前を軽くするのか。
不在という激しい存在のそのことなのか。
むき出しの問いだけになる勢いあるいている。
核の傘にまもられる命とはみっともない命だあるいている。

山奥の飯場に住み込み、
一年ほど隧道工事の現場で働いたことがある。
みなで廃材を焚きながら黙ってドラム缶を囲んでいた。
生きもののように動く火の舌を見ていた火の匂いをかいでいた。
あの大霜の朝から、
どこをどうあるいてきたというのだろう。
東京はすでに患者だったあるいている。
あなたの言葉は電子のさびしみあるいている。
「食色は性なり」と古びとは書いた。
自分をなじり倒してやりたくなるあるいている。

文法規則など知ったことではないあるいている。
あるくを止めるは精神の弛み。
お前はずっと恥ずかしいままでいなさいあるいている。
帰りたいけど帰りたくないあるいている。

潰《つえ》（土石流）

雨のしたこととは思えない雨の流したものはみな哀しい

局地的な偏降りだった
川沿いの道路は抉られ畑は土砂に覆われた
天意などと言ってくれるな
花崗岩土壌はもろい
潰のすることには容赦がない
じじい隊に合力する
毎朝七時から四時間ほど
スコップ一丁土砂の掻きだしに精を出している

背なが固まる重労働
どんだけキツかろうがぶっ倒れるまで続けると決めている
そうやってげに隣人となるのだ
古翁の差配は縁の下までいきとどく
憚りなく下がかった話も挿まれるどっと沸く
こんなときにもひとは笑うのだ
笑いきれないものがあっても笑うのだ

断水十二日目
きょうも夏の陽に炙られている
未成熟なままの
め、みみ、てのひら
いいや無力な親鸞
ベニシジミにかこまれ
〈願はくは〉行き斃れたい

もういちど若いおんなのを見てみたい
なんまんだぶなんまんまんだぶ
ゆるい門徒だった

潰Ⅱ

潰は甚大な被害をもたらしたがお山からの肥沃な土壌の恵みでもあった。

墨衣の坊守さまが
掲示板のなかを換えておられる
こども時分に厳しく躾けられたひとのふるまいだ
「潰は江戸の昔にもあったげな」
石碑には先人らの訓えが刻み込まれている
夜になれば夜を見張るものが現れ
四囲は真っ暗闇になる

どうやれば水の力をいなせるのか
わからぬまま護岸壁の復旧工事がはじまった
川向うに生コン車を横付けにし
クレーン車でバケットを吊るしコンクリートを打っている
十人ほどいる作業員のなかに
トン・ヴァン・ナムとクエン
ふたりのベトナム青年がいる
話したことはないのだけれど
ヘルメットに書かれた名前で知った
三時にはアイスキャンディーを配ってまわる
カタコトのニホンゴもまじって
母屋の庭がパァーとにぎやかになる
潰のおかげ、
というのもなんだけど
ふたりに会えてよかった

トン・ヴァン・ナムとクエン
てのひらが晴れてくる
つつがなく稼ぎなさいよ

星石

石の
しずごころ
石には水のさやけさがある
とおいとおい青がある
石もあれで
息をしているのだ

ここらの石垣は昔ながらの空石《から》積みで
今も口伝された工法で修復がなされている
石を接いで

また接いで
石の坐りたい向きに据えてやる
セットウをふるうリズミカルな音が
背戸山から跳ね返ってくる
ミゾソバの花も
ハグロトンボの翅も
石の切なさにはかなわない
トケコムのではなくヨソモノとして居つくと決めた
石と繋がるあたらしい文体が必要だ

海という巨大な流体を檻のように感じることがある
島びとの誰しもがそのことから逃れられないでいる
没り日のゆうあかり
海面《うなも》すれすれを
一羽の鵜が沖のほうへと飛んでいく

家船のこどもらは
どこで陸上がりしたのか
うまくトケコムことができたのか
海図も方位磁針もない
三万年前の刳り舟が今現れる
颪の聲を聴き
星星の運行を読みながら
いのちがけで漕ぎつづける数人の影が見える

原初の耳が覚めるさよなか
みかん山の石垣が
かすかに青白くひかるのは
星の欠片が混じっているからだという
六千の星星の瞬きに
星石は甘えているのだという

どうも外の様子がおかしい
出るとあたり一帯
うっすらと青白いひかりが降り積もっていた
銀漢がもうすぐそこまで下りていた
流れ星に願いをかける者
星になった哀しみを聴こうとする者
見上げるあまたの眼差しがさらに星星を輝かせている

六尺棒

愛《かな》しいのはゆうべの手だ

自分のものではないことばの動き、拒み
艸にはそういう作用がある

手で知ったこと
手から離れていったもの
美雨老師から無花果の手作りジャム二瓶とどく

——かわいそう
うすく笑うのがいる

人のことをなめくさった物言いだ
自分を御せなくなる文字のまわりが昏くなる

空のあの辺り
先島の純一なふるえがある
沖縄とは尊厳のことだろう
かの地にはことばを自由にする力がある
（マタハーリヌ　チンダラ　カヌシャマヨ）

正しい、という病い
誰とも目を合わせないように生きているわたしら
貧困を叩くまでに毀れているわたしら
あまたの指先に覗きこまれているような夜
わけのわからない胴顫いがくる
どこへというのではないただひたぶるに帰りたくなる

聲の身の上

土の疼きが聲をつくる、
てのひらが先に理解してしまう、
そういう土地柄だった
あのおぐらいはわるくない
おさない時分のおぐらいは一生を支配する
ひとと目を合わせない子だったそれはいまも変わらない
おとなの自転車を漕いでいて
口の中に羽虫が入ったことがあった
ヤマセミ、アカハライモリ
わるい子

ゆきどけのみどりみず
はるのかかりのあえかなひかり
おりふしにおもうかけがえのないとるにたらないことごと
ひとをひとたらしめているさびしみの、
そのことだろうか
かなしみにもちからがある、そのことだろうか
垰の途中の苔むした艸木塔
自然石を削ってツラをつけただけの塔

うちなる世阿弥の聲、ドストエフスキーの聲、一叢の艸の聲
おぐらいこそが艸を嗣ぐ運動
原意からもズレてしまうことばの動きはまだか
老いてなおもって励みたい
ただ一篇でいい
不穏なる傑作をものにしたい

春の一日

籠いっぱいの蕨や虎杖
山ウドにコシアブラ
春の苦みが冬に溜まったものを解毒する
虎杖は一晩水に浸してキンピラにしていただく
つましくも手間暇かける古い生活様式
よぎない日日が続いているバリカンを買って髪は自分で刈り上げる

残り物で昼飯をすませ珈琲を淹れる
シリル・エイメーがエメット・コーエンらと共演しているのをしばらくみる
跣の彼女がだんだん毀れて楽器になっていくどこまで行くの戻れなくなるよ。

畑の土いじりを二時間ほどして道具小屋を片づける
砺ったり組んだりより道具の手入れか
と師匠にもよくからかわれる
ノミ、セットウ、コヤスケ
使いやすい道具ほど美しいものだ
背戸の石垣は二年近くかけて一力で修復した。
晩飯は大根のツナサラダにインド風スパイシーハンバーグ
下拵えをすませ今これを書いている
言葉の身ぶりが詩であるなら
想は無防備であってもいいだろう
臨終の言葉は善から出る、と書いたのは誰だったか
曹操は奸雄として語られるが遺令はじつに心根の美しいものであった
康煕字典をめくる
一文字一文字が引き連れているなにごとか
言葉には先人らの息づきがある手触りが残っている

昆蟲少年と魏の夜との不適切な関係あるいは川あかりと思想改造の窓
そいつと地続きになる刹那
詩とはわざとつける創《きず》だろうか

玄関にどなたかおいでたようだ

かたむいている

おもちちの
夢の
冴えない不穏をあるいている
だれしもがことばに傷つけられ
だれしもがことばを傷つけている
群れないことでしか守れないものがあった
節義のことではない
わたしはすこし傾いている
めも、みみも、くちも
どちらへというのではない傾いている

つるばみの林で下艸を刈っているときも、
へめぐる旅の途上でも、
わたしはだまっている傾いている
病みに病んだ行間をあるかされているような午後零時
だまっている傾いているで飯屋にはいる
土木作業の者らが丼物を掻き込んでいた
若いのががっついている丼に顔ごと突っ込んでいる
どこかしら肉慾をそそられる喰いっぷり
ひとが飯を喰っているのを盗みみるのはよいものだ
土地の聲に唆されてみるのは更によいものだ
わたしは存在にしか関心がない
川に帰りたい川などもうどこにもありはしないのに傾いている
わすれてしまいたいことごとが愛おしく思えてくる傾いている
ギシギシ、ユウゲショウ、ワルナスビ、
艸に立たされているのか

おもちちの黙《もだ》をこそ生きろということか
わたしはひりひり傾いている
赦される道理がない傾いている

くぬぎあべまきうばめがし

ぢべた
くちべた
ぱらぱらとおちてきた
どこまでがわたしのもので
どこからがおやおやのびねつなのか
るいがおよばぬようにかいた聲にならない聲をかいた
だからといって
艸のいいなりにはならない

おんがくしつのすみできいたショパン

あれがはじめてふれたうつくしいもの
あれだけだったほかにいいことなんかなにもなかった
すみやきごやのあらむしろ
クヌギ、アベマキ、ウバメガシ
あるくという行為は
あらがうということだった
わたしはみんなではないただそのことだった

あかペンをいれる
直感はたいていあさい
ものがたりとはあいいれないもの
ことばそのもののめざめのようなもの
みんなでが苦痛だった似ていることがはずかしかった
どうせなにも解決しない
わたしの詩もなおらない

ぢべた、くちべた
ふったりやんだり降るひと
いきているうちに善行のひとつもなしてみたい、ともおもわない

ふる、

なにごとかととのって、
雨になるのか、
段畑の石垣がぬれ、
真竹の一叢が撓みながらぬれ、
艸刈り機を担いで帰るおとこの姿がみえる、
農具小屋のトタン屋根を叩きつける大粒の雨、雨、
へだてなく雨に打たれているというのはよいものだろう、
ちがいなどなにほどのこともないよいものだろう、
たまばなの群れ咲きを経て、
おとこがかどをまがるじぶんにはもう、

いえいえのりんかくがうすくなり、
さみしらにただふるだけとなり、
ことごとくみなぬらしおえてぬかりがない、
雨はよこさまにもふり、
島嶼の無意識をぬらし、
うまずたゆまずふりつづけている、
因果も習いもしとどにぬれ、
ことばの偏りを潤し、
やがて半透明の、
ただ在るだけとなる清しいもの、
いいや在って無きような風姿となるうれしみ、
雨に集い来るものもあるようで、
ふっているのに静かに明るむという贅で、
しばらく放心して見惚れてしまうそれを、
ふる、とだけ呼ぼうか、

雨も見られることを知っているかのふうで、
どこに帰ればよいのかわからなくなるそれも、ふると呼んでしまおうか、

ぢべたくちべた

著者
松岡政則《まつおかまさのり》
発行者
小田啓之
発行所
株式会社思潮社
〒一六二－〇八四二　東京都新宿区市谷砂土原町三－十五
電話　〇三－五八〇五－七五〇一（営業）
　　　〇三－三二六七－八一四一（編集）
印刷・製本
創栄図書印刷株式会社
発行日
二〇二三年七月三十一日